마음 디자인

마음 디자인

Dr. Yun's Phototherapy

〈아프리카〉 편

윤영진 지음

좋은땅

윤영진은 인천에서 초·중·고등학교를 나오고 인천의 중·고등학교 교원으로 근무했다.

인하대 대학원에서 교육심리를 전공했고 동대학 교육대학원에서 상담심리과목을 10년간 강의했다.

26세 선배 사진에 반해서 중고 카메라 한 대를 구입하고, 국내의 이곳저곳 다니며 사진 찍기 연습을 오랫동안 해 왔다.

어쩌다 배낭여행에 빠져 아프리카 7개국, 남아메리카 4개국, 아시아 11개국 등 26개국을 다녀왔다.

이 여행을 통해 때 묻지 않은 아프리카인을 만났고 아름다운 풍경에 감동하면서 하나하나를 놓치지 않고 소중한 장면을 카메라에 담아 냈다.

앞으로도 힘 다할 때까지 배낭여행에서 느낀 감동과 자연의 위대함을 많은 사람에게 전달해 주는 작업을 계속할 것이다.

아프리카의 자연, 낯선 동양인을 보고 웃어 주는 모습, 반짝거리는 눈동자는 다시 가고픈 그곳을 상상하게 한다.

가 보지 않은 아프리카 여행을 기대하며 하늘도시에서 씀

마음에 아픔과 고통의 흔적이 남아 있는 분에게
마음의 상처를 보듬어 치유되기를 바라는 분에게
마음을 새롭게 디자인하고자 하는 분에게 바칩니다.

누구에게도 말할 수 없었던 진짜 이야기가 있다.
아이가 그 이야기를 하려면 생명을 걸어야 했다.
그럴 용기를 낼 엄두도 못 냈던 어린아이였기에
꼭꼭 숨기고 지금까지 살아왔다.

남들 앞에 서기만 하면 왜 주눅이 드는지
우물쭈물하고 우유부단해지는지
외롭고 우울해지고 자살 충동이 생기는지
화나고 분노하고 폭력적인 모습으로 살아가는지
누구도 내게 그 이유를 말해 주지 않았다.

느지막한 나이 45세가 되어서야 들을 수 있었다.
그 이유를 마음이 아픈 사람들과 함께 나누었다.
그들은 고맙게도 내게 '진짜 이야기'로 화답해 줬다.

이 책에는 누구에게도 말 못했던 '진짜 이야기'가 담겨 있다.

- Photo 이야기

사진여행은 내게 자연, 사람, 문화를 만나게 해 주고, 감동과 에너지를 늘 공급해 주었다. 힘들고 고통스럽거나 에너지가 방전될 때 사진 여행은 힐링이 되었고 충전하는 기회를 제공했다. 이러한 경험을 다른 분에게 전해 주고 싶었지만, 방법을 몰라 헤매다가 몇몇 분이 용기를 주어 출판하게 되었다.

- Therapy 이야기

상담심리전공 대학원 강의 준비를 위해 다양한 상담이론과 기법을 배우게 되었다.

워크숍, 세미나, 상담사 자격취득과정에 참여하면서 나 자신을 들여다보면서 미처 발견하지 못했던 내 모습, 어린 시절의 사건을 통해 뒤엉킨 채 성장한 나 자신을 만나 볼 수 있었다.

내 안에 있는 고통을 끄집어내는 과정은 녹록하지 않았지만, 통곡과 절규, 흐느낌으로 내 안의 평화스러움으로 채워지기 시작했다. 이러한 경험은 나와 가족의 평안으로 이어졌다.

- Phototherapy 이야기

해외여행에서 찍은 사진과 치유의 글을 한 화면에 담아서 발표한 적이 있었다. 반응은 다소 차이가 있었지만 공감되고 힐링되는 시간이었고 새로운 시도라는 피드백해 주었다.

배낭여행에서 얻은 사진이 마음에 자유로움과 평화로움을 줄 수 있겠다는 생각으로 몇 년 고민을 거듭한 끝에 Phototherapy를 시도하게 되었다.

학자들의 Phototherapy에 대해서는 잘 모른다. 다만, 나는 '여행 사진'과 '상담심리'와의 만남을 통해 나만의 Phototherapy를 만들어 보고 싶었을 뿐이다.

아프리카 6개국을 배낭여행 하면서 찍은 소중한 사진들과 대학원 강의를 위해 써 두었던 상담심리이론을 융합시켜 보았다.

이 책의 구성과 내용은 1장은 어린 시절 꼭꼭 숨겨 두었던 마음의 아픔과 고통의 흔적들을 찾아보는 이야기이고, 2장은 사람이 보편적으로 가지고 있는 마음속 심리적 요인들을 알아보는 이야기가 있고, 3장은 마음속 상처를 보듬어 주고 싸매어 주는 이야기, 4장은 마음을 새롭게 디자인하고자 하는 사람들의 진짜 이야기를 실었다.

CONTENT

제 *1* 장

마음에 남겨진
아픔과 고통의 흔적

Antsirabe in Madagascar

너는 태어나지 말았어야 해

아무렇지도 않게 던진 말 한마디가
평생을 원망과 분노로 살아가게 한다.

"나가 죽어"
"넌 태어나지 말았어야 해"

부모가 자녀에게 무의식적으로 내뱉은 말이다.
아이는 생존을 위해 '굴복하기'를 선택하고
분노는 마음속에 가두어 버린다.
그리곤 두꺼운 탈(가면)을 쓴다.

어울리지 못하는 외톨이, 따돌림
학교와 사회에선 부적응 행동으로 이어진다.

'난, 태어나지 말았어야 했어'로 정당화시키고
나가 죽어야만 하는 사람으로 받아들이고
쓸모없는 존재라고 인정해 버린다.

그게 아닌데, 그렇지 않은데
누군가에게 속고 있는 것 같은데

아, 잘 모르겠다.

Antsirabe in Madagascar

몸에 밴 어린 시절

부모는 귀한 생명과 아낌없는 사랑을 주며
슬픔, 분노, 원망, 한(恨) 등도 함께 준다.

사랑만 주셨으면 좋으련만
부정적인 것도 주셨습니다.

거부할 수도 없었습니다.
싫다고 몸부림칠 수도 없었습니다.
받고 싶지 않아도 받아야만 했습니다.

주고 싶어서 주는 것도 아닙니다.
주고 싶지 않아도 주게 되었던 것입니다.

부모는 완전체가 아닙니다.
그 부모 역시 불완전한 부모였습니다.
그 부모 밑에서 어쩔 수 없이 전달하였던 것입니다.

어린 시절 몸에 밴 대로
자녀를 키우고 있다는 것도 모르고 있었습니다.

깊은 아픔이 몰려옵니다.
아 ~ 아

Antsirabe in Madagascar

4살 아이

4살 때 헤어져 '엄마' 기억이 전혀 없는 18세 소녀.

엄마의 부재가 오히려 강하게 만들었다고 하지만,
스트레스가 밀려올 때면 자해를 택한다.
왜 이러는지도 모르고, 그냥 저질러 버린다.

'왜 그래, 뭐가 문제야, 어디가 아픈 거야.'라고만 해도
잠잠해지면서 제자리로 돌아온다.

인정받지 못해 채워지지 않은 공허함에
자해를 선택할 수밖에 없는 아이,

'나 좀 알아 줘, 나를 봐 달란 말이야.'
외치건만, 이젠 엄마가 야속하기만 하다.

그리운 엄마, 지금은 어디 계시나요?
언젠가 만나 주실 거죠?

간절하게 희망이라도 품어 보게요.

이렇게 살고 싶지 않은데

Livingston in Zambia

가시나무

40이 되었어도 사라지지 않고,
문뜩문뜩 떠오르는 일.
희정씨의 5학년은 치욕스러웠다.

동네 할아범의 못된 짓,
누구에게도 말할 수 없었다.
엄마에게도 내 가족에게도

수치심, 경멸감, 더러움은
두려움과 분노로 채워진 마음에
트라우마로 자리 잡고선
시시때때로 힘들게 했다.

과거의 경험이 사라지기를 소망했지만
지금도 오늘도 내게 큰 영향을 미친다.

이성에 대한 거부감
성에 대한 편견으로
내 속에 '가시나무'로 자라났다.

난, 언제 자유로워질 수 있을까?

Antsirabe in Madagascar

뚝, 그만

아프면 달려올 때까지 아프다고 해라.
그런데 아프지 않다고 합니다.

아프면 알아줄 때까지 울어라.
그런데 울지 않습니다.

"아니야, 아니야" 발 동동 구르며
10분을 울어대도
엄만 들으려고 하지 않습니다.

"뚝, 그만"
"너, 안 그치면 혼낼 거야"
"망태기 아저씨한테 이를 거야"

아이는 참아 내려 애씁니다.

엄마는 들어주는 사람이 아닌 게 분명해
그냥 그렇게 당연하듯 결정을 해 버립니다.

아, 그 결정이 평생 갑니다.
세 살 버릇 여든까지 가듯

Konso in Ethiopia

방치

종종 뉴스를 타고 들리는 단어다.

제때 먹이지 못하는 음식의 방치
함께 놀아 주지 않는 놀이의 방치
포옹해 주지 않는 접촉의 방치
이야기하지 않는 대화의 방치
혼자 집에 두고 나가는 돌봄의 방치

부모와 자녀 사이에 다양하게 나타난다.

동네에서 얻어맞고 왔을 때
안아 주며 마음을 달래 주는 것이 부모인데
울거나 말거나 자기의 일만 하는 것도 방치다.

아빠와 엄마 사이에 일어난 일들
부모가 보여 준 행동들은
돌이켜 보면 참으로 이해할 수 없다.

오랫동안 아이는 그것을 가슴에 품고 산다.
어쩜, 생명을 다하는 날까지 말이다.

Tana in Madagascar

수치심

5살 때 기억으로 천천히 들어가 본다.

주인집 아이의 돈으로 사탕을 사 먹었다.
화가 나 씩씩거리며 다가온 아이 엄마는
"못생기고 머리도 나쁜 게 애를 꼬드겨"
그 순간 온몸이 얼어 버렸던 영희 씨의 초기기억이다.

"어쩜 그렇게 언니보다 못생기고 모자란다냐"
이웃 사람들도 날 가만두지 않았다.
그때마다, 난 말문을 닫아 버려야 했다.

지금은 웃으며 말할 수 있지만,
그땐, 정말로 굉장히 수치스러웠다.

나를 비난하거나 남과 비교하지는 않았지만
난, 나를 지켜 주지도 않았다.

지금도 부모에 대한 원망과 한탄스러움이
내 안에 있다는 것을 발견한다.

이제, 이를 어찌해야 하나요.

Livingston in Zambia

상처

상처를 받았다는 말을 종종 듣지만
상처를 줬다는 사람은 없다.

'내가 너한테 뭘 어떻게 했는데'
'난 네가 왜 날 모른 채하고'
'날 피하는지 모르겠어.'

이를 대수롭지 않게 여긴다.
일말의 가책도 못 느낀다.
뻔뻔하기까지 하다.

너무 미워서 화가 난다.
목까지 차오르는 분노를 터트리지도 못한다.

'사람이 되어서 어떻게 그럴 수가 있지'
원망만 쌓여 가고 내 속만 타는데
그놈은 끄떡도 하지 않는다.

부글부글 내 속에서만 끓는다.

Morondava in Madagascar

머리를 싹둑 잘라 버린 엄마

엄마에게 야단맞은 날 도망 나와선
아빠가 오기만을 기다려야 했다.

머리에 껍딱지를 붙이고 왔다고
엄마는 싹둑 머리카락을 잘라 버렸다.
화가 나기만 하면 어두운 방으로 끌고 가
직성이 풀릴 때까지 몹시도 매질했다.

내가 소중하게 여겼던 물건을
던지는 것은 아무 일도 아니었다.
맘에 안 든다고 수백 대 맞을 때도 있었다.
너무 아파 피했는데 수십 대 더 맞아야 했다.

엄마의 폭력은 16살이 될 때까지 이어졌다.
머리채를 잡기도 하고 벽에 부딪히기도 했다.

그때를 생각만 하면 정말 아찔하다.

은미 씨의 어린 시절 이야기다.

엄마의 폭력으로 얼룩진 과거의 삶이었다.

Morondava in Madagascar

꼬마의 기억

꼬마야,
아직도 기억하고 있니?

또렷하게 들었는데
그걸 어떻게 잊을 수가 있어요.
분명하게 보았는데
그걸 어떻게 잊을 수가 있어요.
내 기억 속으로 파고 들어가
오랫동안 머물렀다.

쫓아 보내려고도 하지 않았다.
사실 들어오는 줄도 몰랐지만
물리칠 겨를도 없었다.

그땐, 찍소리도 낼 수 없었다.
그렇게도 난 살려고 했나 보다.

'가만두지 않을 거야'

그렇게 수십 년이 지나갔다.

Tritriva in Madagascar

딸아 미안해

태어난 지 한 달, 딸을 외가로 데려다 놓는다.
일주일에 한 번씩 볼 수밖에 없었던 1년
아이는 잠에서 깨어나면, 할머니를 만났다.
딸이 보고 싶은 얼굴은 엄마 아빠가 아니었을까?
"딸아 정말로 미안하다."

'잘 있어, 일주일 후에 올게' 하면서
고통스럽게 떠나야 했다.
다행히 할머니 할아버지 인품이 좋으셔서
맑은 품성을 가지고 자라날 수 있었다.

초등학교 시절, 아빠는 밤늦게 들어와서는
너의 잠자는 모습만 보았단다.
많은 시간 아빠와 놀고 싶은 너의 기대를 저버렸지.
"딸아 정말로 미안하구나"

고등학생 시절, 너의 마음을 이해해 주지 못하고
고집으로 너를 코너로 몰아갔던 기억이 나는구나.
아빠가 얼마나 야속했겠니.
너를 이해했었더라면 좋았을 텐데

"딸아 정말로 미안해"

Morondava in Madagascar

누구도 내 곁에 없었다

스스로 하늘나라로 갔다.
부드럽고, 신실하고, 차분한 한 아이였다.

극단적인 선택 순간, 그 곁에는 아무도 없었다.

불투명하고 불확실한 미래가 발목을 잡았다.
앞을 내다볼 수가 없었다.

뒤돌아보면, 아찔한 것이 더 크게 떠올랐을 거다.
아련하게 행복했던 순간도 스쳐 지나갔을 거다.

돌봄이 필요했는데
인정받고 싶었는데, 존중받고 싶었는데

정서적 지원과 접촉
감성적 메시지도 그 순간은 없었다.

외로움이 상승곡선 타고 정점을 향했다.

그 아이는 이곳에 없다.

Cairo in Egypt

아픈 기억

외롭고, 거절당하고
하나 더 추가하자면 열등감도 있다.
어리광을 피우면 무시하거나
매 맞았던 기억밖에 없는 경희 씨

부모님은 내 이야기에 호응해 준 적이 없었다.
눈 한 번 마주쳐 주지 않았고, 아무런 말씀이 없었다.
지금도 여전히 그러신다.
뭔가를 상의하려 해도 "너 알아서 해~"

내가 못생겨서인지 친척이나 가족은 동생만 이뻐했다.
1살 차이면 나도 어린 나이인데,
차별과 외로움, 열등감은 커져만 갔다.
상장을 받아 오면 당연, 동생은 칭찬 일색.
난, 항상 관심이 고팠던 것 같다.

나는 내 속에 어떤 아이가 있는지 잘 알고 있지만
들여다보려고 하지 않았던 것 같다.
또 아프기 싫었고,
또 그 감정을 느끼고 싶지 않아서였다.

Lalibela in Ethiopia

왜 나한테 이런 일이

"아무 잘못이 없단 말이에요."
"억울해요."

울부짖으며 호소해도 거짓말 말라고 한다.
내 판단과 결정은 통하지 않는다.

너무 꼬아 버려 풀 수가 없다.
잠겨진 문을 열 수가 없다.
낙인을 찍어 버려 형편없는 사람이 되었다.

발버둥을 쳐도 수단과 방법을 다 동원해도
풀리지 않는 실타래가 되어 버렸다.

다가가려 해도 손사래 치며 오지 말라 한다.
더 알려고 하면 가만 안 둔다고 소리친다.

찢어지는 고통이 하늘 찌르듯 솟구친다.

왜 나한테 이런 일이

Lalibela in Ethiopia

엄마 맞아

영화 '우리들의 행복한 시간'을 몰입해서 몇 번을 봤다.
15살 아이가 성폭행당하고 울먹이고 있다.
엄만,
"입 다물고 있어", "누구에게도 말 안 했지?"

몇 번이나 삶을 포기하려고 했다.
내 속마음 이야기 들어 줄 사람을 만나기 전까지
오랫동안 가슴속에 묻어 두며 살아왔다.

이런 사람도 있다.
초등학생이 되어서야 새아빠라는 것을 알았다.
학교 수업이 끝났어도 집에는 가고 싶지 않았다.
새아빠가 내 몸에 손을 대는 것이 싫었다.

엄만,
"네가 어떻게 했길래"
"술 취해서 그런 거니깐 그냥 넘어가면 안 되겠니?"
"그동안 널 보육원 보내지 않고 같이 살게 했잖아"

'내 엄마 맞아'

Omo Rate in Ethiopia

돌아가고 싶다

"너 같은 것 필요 없어"
"꼴 보기도 싫어, 가방 싸서 나가 버려"

어린 시절 이런 소릴 들어 본 사람이 있을 것이다.
가정폭력이 남의 일이 아니라 내 이야기이며
흔하게 볼 수 있는 주변 아이들의 이야기다.

밖으로만 떠돌아다닌다.
돌아갈 수 없다.
돌아가고 싶어도 못 간다.
가정이 온통 풍비박산 망가졌다.

부모는 자식만 변화하라고 한다.
"너만 잘하면 걱정이 없어"

부모를 잘 만나야 잘 산다.
맞는 말이지만 내겐 해당 사항이 안 된다.

언제 벗어날지 모르는 떠돌이 삶
벗어나고 싶다.

다시, 돌아가고 싶다.

Lalibela in Ethiopia

돌덩이

늘 소외된 채
관심과 사랑 밖으로 내몰려진 아이다.

친구, 이웃 언니, 동네 오빠가
부모를 대신해서 충족했던 아이다.

엄청 예쁜 동생에게 집중된 사랑은
나를 작은 존재로 만들었다.

상상할 수도 없는 상처가
가슴속에 돌덩이가 되어 버렸다.
그놈의 돌덩이
줄이려고 애를 쓴다지만
크기가 작아지지도 않는다.
더욱이 없어지지도 않는다.

그렇게 돌덩어리를 품고서 40년을 살아왔다.

Morondava in Madagascar

배려심 있는 죽음

칠흑 같은 캄캄한 밤
노부부가 망망대해에 몸을 던졌다는 뉴스가 들린다.

노년의 삶이 고통스러웠겠지만 그럴 수는 없다.
남은 자들에 대한 최소한의 배려가 없다면
자녀들은 평생 고통 속에서 살게 된다.

생사고락, 모든 것을 함께하는 것이 가족이다.
그래서, 운명적으로 만난 것이다.
그동안 '미안했고', '고마웠고', '사랑했다'
헤어지는 의식이 있어야 하는 것이 '인생 가족'이다.

장인어른 세상 이별 7시간 전,
가쁜 숨을 내쉬면서 뭔가를 말씀하신다.
작별 인사였다는 것을 몰랐다.
장모님 마지막 임종 면회
손 흔들어 주시며 잘 가라고 한 것이 마지막이었다.

죽음을 잘 맞이하는 연습이 필요한 것 같다.
배려심 있는 죽음이 되어야 한다.
그래야, 남은 가족에게 고통이 없다.

Jinka in Ethiopia

애통

꽃밭골이란 조그만 동네로 국민학교 2학년 때 이사한다.
1년 후 10살
연탄가스에 중독된 아버지의 모습이 생생했다.
1달간의 미군병원에서 치료도 소용이 없었고
한마디 말씀도 없이 3남매와 작별하셨다.

어머니의 통곡 소리가 들렸다.
아버지 죽음을 동생들은 어떻게 받아들였을까?
그땐 나도 죽는다는 것이 무엇인지 잘 몰랐다.

불현듯, '아빠 잘 가'라고 말 한마디 하지 못한 것이
이제야 못내 아쉬움으로 다가온다.
느지막하게 후회하지만, 소용이 없다.
내가 할 수 있는 일은 아무것도 없었다.
이젠, 가슴속 깊이 자리 잡은 애통의 시간
그렇게 수십 년을 보냈다.

아무 잘못 없는데 왜 이렇게 가슴이 옥죄일까?
아버지가 나를 떠나지 않아서일까?

울부짖고 싶다.

Antsirabe in Madagascar

상담사의 조건

누구도 서로를 질책할 자격이 없다.
비판하거나 혼낼 이유는 더더욱 없다.
심리상담사라도
사람 마음을 아프게 하면 안 된다.

심리상담을 할 때
자신을 한 번쯤 깊이 들여다보아야 한다.

자신에게 문제가 있는 것도 모르고
알고 있어도 깊은 것은 모르면서
다른 사람을 상담하려고 한다.

해결하지 못한 문제가 하나 이상씩 다 있다.
가면을 쓰고 숨죽이고 내면을 거닐고 있죠.

임상 경력이나 테크닉으로 내담자[1]를 만난다.
상담사 자신의 문제도 드러내야 한다.
치유받아야 포근하게 그들에게 다가갈 수 있다.
내담자의 마음을 움직이려면
상담자가 먼저 변화가 되어 있어야 한다.

---

1 상담을 요청한 사람.

제
2
장

마음속에
숨겨져 있는 사람의 모습

Lalibela in Ethiopia

열등감

형편이 어려워
외갓집 근처 학교로 전학을 갔다.

졸지에 전학생이 되었고,
교실에선 서먹서먹한 터라
친구 사귈 용기도 나지 않았다.
그래서 늘 혼자였던 정희 씨

친구가 다가와 친근감을 보였지만
날 불쌍히 여기는 것 같았다.
그럴수록 수치심은 커져만 갔고
더 위축되어 갔다.

외톨이가 될 것 같은 상황에서는
남달리 과잉 반응을 보이기도 했다.

돌봄 받지 못한 가정환경
사랑 표현 인색한 울 어머니,
가정일엔 무관심한 아버지
개인주의가 강했던 삼촌, 고모

나는 못난이, 나는 울보다.

Lalibela in Ethiopia

성인 아이

수치심, 분노, 자존감이 낮은 사람
완벽주의 성향 등을 가진 성인을 부르는 호칭이다.

신체적, 사회적, 경제적으로는 어른이면서
정신적, 심리적으로는 아이인 사람이다.

조그마한 스트레스도 못 참는다.
자주 화를 내거나 상대를 비난한다.
자신이 한 일에 대해 후회를 잘하고
합리적이기보다는 감정적 결정이 앞선다.

도전적일 때도 있고, 위축된 행동을 하기도 한다.
상대방을 통제하려고 한다.

심각한 것은 부모의 역할을 제대로 하지 못한다는 것이다.
안타까운 것은 역기능 가정이 반복된다는 것이다.

내가 '성인 아이'는 아닌가를 살펴보자.

역기능이 아닌 순기능 가정을 이루기 위해서

Jinka in Ethiopia

초기 기억

눈을 감고 어린 시절의 기억을 떠올려 본다.

가장 어린 시절 기억을 떠올려 보려고 애를 써 본다.
초등학교 3학년 미친 소달구지 타 무서웠던 일
밤 서리하다가 산꼭대기로 쫓겨 올라가느라 진땀 빼던 일

5살인지 4살인지는 잘 모르겠지만
단칸방 문을 열면 아궁이 부엌, 이어서 출입문이 있는 집
식칼을 들고 어머니를 위협하는 아버지가 보이고
이불 속에서 부들부들 떨고 있는 나를 발견한다.
무서워 숨죽이고 아무것도 할 수 없는 나
두려워하고 있는 나를 바라본다.

살기 위해, 어린아이는 무슨 결정을 했을까?

'침묵하자'
권위자 앞에서나 말해야 하는 상황인데도
더듬거리거나 말 잘 못 하는 사람이 된다.

그렇게 살고 있다는 것을 45세가 돼서 보게 된다.

Miandrivazo in Madagascar

내면 아이

'내면 아이'는 상담이론에서 들을 수 있는 용어다.
휴 미실다인[2]이 말한, 사람에게 있는 두 개의 자아 중 하나다.

평상시에는 큰 문제가 없어 보이는 사람도
어린 시절 경험한 사건과 비슷한 상황에 놓이게 되면,
당시에 형성된 감정을 무의식적으로 표현한다.

표현 방식은 사람마다 다르지만, 감정이 올라오면
이해할 수 없는 상황이 벌어지는 경우가 많다.

'그런 사람이었어, 못 쓰겠는데'
'전혀 딴 모습이네, 실망인 걸'
'저런 면이 있었네, 와 놀랍네!'

부모의 방치 속에 자란 사람 안에도
또 하나의 방치된 '내면 아이' 자아가 있다.
외톨이가 되어 허전해하는 아이가
마음속 깊숙한 곳에서 자리 잡고 있는 것이다.

어른이 되어서도 내면 아이는 그대로 있다.
알아차리기 전엔

---

2 미국 오하이오 주립대 교수, 존스 홉킨스 병원 정신과 의사.

Morondava in Madagascar

승부욕

승부욕으로 인해 낭패를 보는 경우가 있다.
시빗거리가 생기고, 희비가 엇갈린다.
필요 없다는 것이 아니라 강약의 정도 차이다.

승부욕은 감정싸움으로 번지게 되고
너와 나, 우리에게 상처와 피해를 안겨 준다.

운동경기에서는 더더욱 강력한 영향을 미친다.
테니스 경기에서, 승부욕이 강하다는 말을 듣곤 한다.
공을 칠 때, 눈초리는 매의 눈처럼 매섭다고 한다.

다 이기던 경기도 뒤집히게 만드는 것이 승부욕이다.
경기 후에도 진정한 교류를 방해하기도 한다.
적당한 승부욕은 상대를 배려하고 얕보지 않는 것이다.

지나친 승부욕은 'Red Card'를 받을 뿐이다.

게임이나 대회에서뿐만 아니다.
삶에서도 그렇다.

Lalibela in Ethiopia

라켓(racket)

테니스 경력 30년,
공을 세게 치면 빠르게 되돌아오고
힘 빼고 툭 치면 상대가 받기 어려워한다.
감정도 그런 것 같다.
화를 내거나 분노하면, 더 빠르고 센 반응이 온다.

배고파 울고 있는 젖먹이에게
제때 젖을 물려주지 않으면
화도 나고, 두려움도 느끼고 슬픔도 갖게 된다.

그런데, 돌봄과 존중받지 못한
젖먹이의 진짜 감정은 숨겨 버리고 가짜 감정을 만들어 낸다.
이런 감정은 어른이 되어서 불쑥불쑥 튀어나와
날 비정상적이고 몰지각한 사람으로 만든다.

과거의 진정한 감정 대신 만든 '가짜 감정'[3]은
현재에서 적절치 못하게 폭발하게 되고
미래에 발생할 문제 상황에 대해서는
내게 어떤 답도 주지 못한다는 것이다.

---

3 교류 분석(Transaction Anaylsis)에서는 '라켓 감정'이라고 한다.

Morondava in Madagascar

나만 힘든 것 같아

있는 그대로 받아들인다는 것이 쉬운 일은 아니다.

험한 말을 했다거나,
비수를 꽂았다거나
몹쓸 짓을 했던 사람을 용서하기가 쉽지는 않다.

'그래, 성격이 더러워서 그렇겠지!'
'원래 말을 그렇게 하는 사람이라서 그렇지'

용서하고 받아들이기로 마음먹지만
선뜻 그 사람 앞에 다가서기가 망설여진다.

상대는 아무렇지도 않은 것 같은데
나만 속앓이를 하는 것 같고
애를 쓰고 있자니 너무 억울한 것 같다.

무척 힘이 든다.
더 가다가는 쓰러질 판이다.

Lalibela in Ethiopia

그림자

그림자만 찍는 사진작가도 있다.
실체보다 뭔가 묘한 감정을 갖게 해서일까?
그림자 속의 사람은 어떤 존재일까?

정신분석학자 칼 융은 '그림자'를
무의식 속에 있는 인격의 어둡고 열등한
아직 의식의 세계로 나오지 못한 일부라고 한다.

안타까운 것은 내 안에
어떤 '그림자'가 있는지를 모르고 있고
그 존재조차도 알지 못한다는 것이다.

나에게 방어기제[4]가 있거나 많다는 것은
가릴 것이 많다는 것이고
'그림자'가 내 안에 많다는 것이다.

무의식을 수면 아래 잠긴 빙산의 $\frac{9}{10}$로 비유한다.
그 속에 숨어 있는 '그림자'를 찾아가는 길이
삶의 여정이다.

---

4 방어기제(Defence Mechanism): 갈등에서 비롯된 불안으로부터 자신을 보호하기 위해
   무의식적으로 사용하는 사고 및 행동 수단.

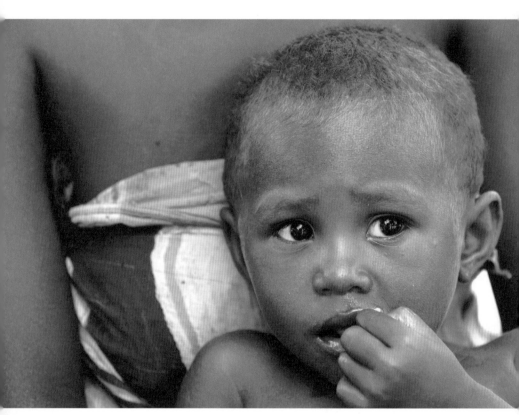

Morondava in Madagascar

각본 없는 드라마는 없다

드라마나 영화는 '각본'을 쓰는 작가와
연기하는 배우 그리고 스태프들이 있습니다.

인생도 한 편의 드라마로 각본(script)이 있다.
그렇다면, 내 인생의 각본은 누가 쓰는 걸까요?

답은, 초기 어린 시절 내가 쓴다는 것입니다.
인생 각본은 잘 써야 성공적인 인생을 살겠지요.
근데, 많은 사람이 인생 각본을 잘못 쓴다는 것입니다.

유아 · 아동기 시절 부모의 영향력은 절대적이죠.
살기 위해서, 부모의 눈치를 본다거나
슬프고, 화가 나고, 두렵고, 힘들어도
표현하지 못하고 눌러 버리고 성장합니다.

진정한 내 감정은 내면 깊숙이 가둬 버리고
평생, 가면을 쓰고 살아가게 됩니다.
결국, 실패자의 삶을 살게 됩니다.
승자가 아니라 패자가 되겠지요.

내 인생 각본은 잘 썼을까?

Antsirabe in Madagascar

핵심 감정[5]

핵심 감정은
사랑받고 싶고 인정받고 싶은
열망이 좌절되었을 때
주로 일어나는 '감정'이다.

내 생각과 내 행동을 지배하기도 하고
간간이 작용하여 정상적인 삶을 살지 못하게도 한다.

과거에 내가 만든 '쥐덫'과 같아서
나를 갇히게 하고 꼼짝달싹 못 하게 한다.

내 삶에서 주기적으로 반복되어 나타나는 감정으로
행복한 삶을 살지 못하게 한다.

나타나는데도 나는 나타났는지도 모를 때가 있다.
내 안에서 일어났는데 나는 일어났는지도 모른다.

핵심 감정을 잘 다루지 않으면
삶에 치명적인 영향을 미치게 된다.

---

5 '핵심 감정'은 사람의 말과 행동, 사고와 정서를 지배하는 중심 감정이다.

Tana in Madagascar

준거 틀

사람은 자기가 보고자 하는 것에만
주목하는 경향이 있다.

자기 생각과 다르면,
무슨 수를 써서라도 관철하려 하고
다른 사람의 감정과 생각 따위는 무시해 버린다.

뜻대로 되지 않으면 본성을 드러내고
톤이 올라가고, 분노가 절정에 이르고
씩씩거리기까지 한다.

심리학에서는 이를 '프레임(frame)[6]'이라고 한다.
자신이 정한 틀 안에 있는 것만 보고,
밖에 있는 것은 보지 않는다.
아니, 보지 못한다.

우물 안 개구리와 같이
프레임 안에 갇혀 빠져나오기 쉽지 않은 사람이다.

사람들은 떠나고 홀로 남게 된다.

---

6 교류분석(TA)에서 프레임을 '준거 틀'이라고 한다.

Livingstone in Zambia

토니 험프리스

'모든 부모는 아이를 사랑한다.'
'모든 아이는 부모를 사랑한다.'
'하지만, 모든 가족이 행복하지는 않다'
토니 험프리스[7]가 한 말이다.

뉴스를 보다 보면,
'모든 부모가 다 아이를 사랑하지는 않는다'가 맞을 것 같다.

몇 개월 되지 않은 아이를 학대하고,
집 안에 가두고 방치하는 부모들 이야기가
심심치 않게 뉴스를 타고 흘러나온다.

'죄송합니다', '미안합니다'라고 말하며
호송차에 실려 가는 사람 중
한 명의 초보 엄마를 나도 너무나 잘 안다.

'어쩌다 이 지경이 되었지, 20대 초반의 젊은 나이에'

'부모를 잘 만나야 잘 산다'
그래서, 충분히 좋은 부모가 되어야 한다.

---

7 임상심리학자, 저서 『가족 심리학』 『투덜이의 심리학』

Antsirabe in Madagascar

외로움

외로움
뭔가 우리와 친숙한 단어인 것은 틀림없다.
그는 슬며시 우릴 찾아와 자리를 잡는다.

혼자 왔으면 좋으련만
두려움, 불안함과 함께 와서는
소중한 웃음을 빼앗아 가 버린다.

잔잔한 외로움 속에서는 힘이 빠져 버리고
폭풍 같은 외로움에는 깊은 바다로 들어가 버린다.

대비할 여유도 주지 않고 온다.
쓱, 밀물처럼 찾아온다.
애써 태연한 척, 평상심을 유지하려고 하지만
그럴수록 더 깊숙이 후벼 오는 외로움.

시간이 흘러가면 나아지려나,
잠깐의 평화는 있겠지만
다시 찾아오는 불청객이다.

아, 그 외로움을 떨쳐 낼 수 없다.

Karo village, Omo-valley in Ethiopia

안주하다 보면

어둠 속에 오래 있다 보면
자신이 누구인지 잊어버리기가 쉽다

어둠 속에 오래 있다 보면
힘이 빠지고 지쳐서 나올 생각을 못 하게 된다.

안개 끼면 앞이 흐려 보이지 않듯
마음의 눈이 흐려지면
잘잘못을 분별해 내지 못한다.

어둠 속에 오래 있다 보면
심신이 불편해지더라도
그냥 머물러 있고 싶을 때가 있다.

안주하려는 자신에게 속지 말라.
불편한 것은 불편한 것이다.

에너지를 멀리서 찾지 마라.
나 자신 안에 있다고 믿어라.

안주하다 보면 잃는 것이 더 많다.

Cairo, Egypt in Africa

바이러스

'모자 수직감염'
태아 때 바이러스에 감염되는 것이다.

원하지 않았는데도
운명적으로 탯줄을 타고
태아에게 들어가 자리를 잡는다.

공생한다는 것이 맞는지 모르겠지만
내가 죽어야 바이러스도 죽는다.

초기 유아 시절 살아남기 위해서
표현하고자 하는 감정은 숨기고
부모가 하라는 대로 결정해서 따른다.

한 번 결정된 삶의 방식은 평생을 따라다닌다.
하지만, 바이러스와는 달리
내가 죽지 않아도 바뀔 수 있다.

지금 여기서, 내 안의 힘을 써서 바꾸는 것이다.
재결정[8]이 내 삶의 새로운 출발점이다.

---

8   재결정(Re-decision): 어린 시절 결정(Decision)을 성인이 되어서 다시 결정하는 것.

Arbraminch in Ethiopia

실수

우연이 아니라 분명한 이유가 있다.
정신없으면 일어난다.

집중하지 않으면 일어난다.
소중한 것을 송두리째 잃을 수 있다.

어! 하는 순간 벌어진다.
손쓸 틈도 없이 일어난다.
엄청난 후회감을 몰아준다.

엄청난 상처를 준다.
며칠을 끙끙대게 만든다.

친근한 친구가 되기도 한다.
멈추려 해도 쉽지 않다.

만들어 놓지 않았어야 했는데
어느덧 수십 년째 반복해 오고 있다.

실수하고도 알아차리지 못한다.

어, 이건 내가 한 게 아닌데

Konso in Ethiopia

심리 게임

게임(Game) 하면 떠오르는 것이 사이버 게임이다.
물론 개인 또는 단체의 스포츠 게임도 있다.

여기 또 다른 게임이 있다.
마음을 살살 긁어서 불편하게 만들고
분노를 표출하게 하여 파국에 이르게 하는 심리 게임이다.

심리 게임에 말려드는 사람들이 많다.
게임을 거는 상대방은 그것이 게임인지도 모른다.
서로 간에 다툼이 생기고 씻을 수 없는 오명을 남긴다.

드라마 속에서도 심리 게임은
핑퐁 하듯 서로 툭탁툭탁하며 진행된다.
게임을 알아차릴 때쯤이면 이미 치명적인 상처를 입는다.

심리 게임을 끝내는 방법은 그냥 받아들이고
내 건강과 영혼의 평안함을 얻기 위해
치고받으며 얻은 상처가 아물도록

그냥, 용서하는 것이다.

Aswan in Egypt

화

화는 겉으로 드러나면 폭력적으로 될 수 있다.
화를 억눌러도 심신을 해치기는 매한가지다.
화는 불덩어리다.
사람은 화를 내는 순간을 까맣게 잊는다.
무슨 짓을 했는지도 모른다.

"내가 언제 그랬는데, 기억이 나지 않는데"

화는 참아도 문제다.
화병이 되어 속에서 언제 곪아 터질지 모른다.
화를 잘 다루어야 하는 책임은 나에게 있다.

움츠리고 있다가 건드리기만 하면
기다렸다는 듯이 레이저광을 발사한다.
화풀이는 지치지도 않나 보다.

고요하게 숨죽이고 있는 화
여전히 조그만 틈이라도 보이면
솟아나려 꿈틀꿈틀, 올라오려 움찔움찔

세밀하게 화를 살피고 다루어야 잘 산다.

Morondava in Madagascar

새엄마

5세 때 부모님의 이혼,
아버지의 재혼으로 6살 터울 남동생 생기면서
찬밥 신세로 어린 시절을 보낸 희정 씨

행여나 새엄마에게 혼나거나 벌 받지 않을까
늘 조마조마 두려움으로 살아왔다.

동생에겐 한없이 허용적인 엄마, 난 무서웠다.
그래도 인정받고 싶었지만, 돌아온 건 욕설뿐이었다.

왜 그렇게 차별했냐고 물어본 적이 있다.
"난, 너란 존재는 의미도 없고, 네 상처 따윈 관심도 없다."
그런 사람에게 날 좀 아껴 달라고 한 것이 후회된다.

지금도 난 애정을 찾아다닌다.
남부럽지 않은 좋은 직업을 가졌는데도
늘 눈치를 보고 살고 있다.

내 안의 욕구, 혼란, 갈등 등
곧 터질 것 같은 시한폭탄,
견디지 못해, 이젠 버티고 있다.

Luxor in Egypt

누군가에게 준다니까요!

스트레스를
남에게 던지지 마세요.
받았다고 열 받지 맙시다.
쏘아 놓고선 반응을 보는 것은 비겁해요.

자녀에게도 주지 마세요.
받는다고 쳐내지 마세요.
당신 안에서 처리하는 것이 답이에요.

쓰레기가 아닙니다.
아무 데나 버리지는 마세요.
잘 담아서 태워 버리면 됩니다.

나 하나로 족합니다.
처박지 마세요.
쏘아 버린다고 사라지지 않습니다.

힘들어도 끌어안아야 합니다.
남에게 주는 것이 아니니까요.

Morondava in Madagascar

꿈속에서

자주 꿈을 꾸지는 않지만
만나고 싶지 않은 사람이 나타날 때가 있다.

지독하게나 힘들게 했고
야비하게 심리 게임을 하는 사람이다.
소리 지르고 싶었지만 그럴 수 없어서
나만 끙끙 속앓이하게 했던 사람이다.

드디어 꿈속에 등장했다.
평소에 갑질한다고 누명 씌울까 봐
두려웠지만 가만히 있지 않는다.
무릎 꿇으라고 호통친다.
'죄송합니다' 말해 보라고 소리친다.
더는 보지 말라고 내쳐 버린다.

식은 땀이 흐른다.
시간이 지나가면서 하고 싶었던 말을 한다.
꿈속에서라도 퍼붓고 나니 속이 시원하다.

용서하고, 수용하라고 하지만 쉽지 않다.
상처를 지워 버린다는 것
참 어렵다.

Antsirabe in Madagascar

엄마의 뒷모습

요즘,
상희 씨는 이런저런 감정이 올라오는 것을 발견한다.
예전에는 무심코 지나쳤을 것들이다.
눈물 나기도 하고, 깊은 시름에 잠기기도 하고
생각들로 엉켜 있어 밤을 꼬박 세운다.

오빠만 바라보는 해바라기 같은 엄마
그 뒷모습을 하염없이 바라보는 나
'나 좀 봐 주세요. 나도 자식이에요. 엄만 오빠밖에 몰라요.'

오랜 시간 그렇게 살아와서 그런지 무덤덤하다.
아니, 모르는 체한다는 게 맞다.
섭섭함과 답답함, 외로움, 쓸쓸함, 안쓰러움이
내 속에 살아서 숨죽이고 있다.

상담 수업 시간,
난, 어린 시절의 기억 속의 감정과 열망을 보았다.
무의식 속에 숨어 있던 감정을
30대 후반 나이에 하나씩 들추고 끄집어내고 있으려니
'이게 뭐지' 혼란스러웠다.

넌, 참 쓸쓸하고, 외롭고, 섭섭하고, 답답했겠다.

Cairo in Egypt

진짜 아빠

"어디서 왔니, 아빠가 가라고 해서 왔어요"
"그 사람이 왜 네 아빠니?"

토끼가 좋아하는 비지를 얻으러 찾아간
동네 두부 공장 사장님의 말이다.

"꼬마야, 네 아빠는 저세상에 갔잖아"

그 순간 왜 그렇게 창피하고 쪽팔린지.
'아빠가 아닌데, 아빠라고 시키길래'

두부 만들고 남은 비지를 얻어 가지곤
도망치듯 자전거 페달을 밟았다.

부르고 싶지 않았다.
주정뱅이 동네 아저씨를 '아빠'라고

돌아가신 아빠가 너무 미웠다.
11살, 그때를 잊을 수가 없다.

아버지!

Tana in Madagascar

적개심

화를 일반적으로 일회성 분노라 한다.
분노의 요인이 해결되면 해소되고 사라진다.

일회성 분노가 억압되거나 표현되지 않으면,
대가를 치러야 해소되는 분개가 된다.

화의 농도가 깊을 때는 격분으로 변한다.
억제되지 않는 폭력적 분노로 파괴적이다.

심각한 화는 적개심이다.
오랜 시간 분노가 쌓이게 되고
무의식 안에 자리를 잡는 것이
바로 적개심이다.
엄청난 파괴력으로
자신과 타인의 삶에 심각한 피해를 준다.

화, 분노, 격분, 적개심
어떤 수준의 화가
내면(inside)에 남아 있는지
잘 들여다보고 살피고 다루어야 한다.

지혜가 필요한 이유다.

Cairo in Egypt

침묵을 배운 나이

잔뜩 취한 새아빠
한지 곱게 바른 방 문짝을
주먹으로 발로 때려 부순다.

우리 아빠가 새집 짓고 달아 놓은 문짝인데…

겁에 질린 동생들과 난 그저 지켜보고만 있었다.
무서워 부들부들 떨고 있었다.

그때부터, 난 침묵하는 법을 배운 것 같다.
말 없는 소년이 되기로 결심하였다.

두려움, 무서움이 마음속 깊이
복수심은 얕은 곳에 숨겨 놓았다.

나의 모든 것이 멈추는 순간이었다.
지금도 대화를 피하게 되고, 말 섞기가 불편할 때가 있다.

'침묵'이 습관으로 굳어졌었다.

11살 때 경험이다.

Tana in Madagascar

가짜 감정

'쌀가마니 어디를 찔러도 쌀이 나온다.'
한 번 형성된 '감정'은 평생 간다는 의미다.

어린 시절 다양한 사건을 만나면서
정서적 교류가 원만하지 않을 때
불편한 상황 속에서 묘한 감정을 갖게 된다.
그때 힘없는 아이는 생존을 위해
자신이 느꼈던 감정을 감추고
가짜 감정을 만들어 버린다.

문제는 과거의 비슷한 상황을 만나면
어린 시절 가졌던 감정과 유사한 반응을 하게 된다.

우린 언제나 우리가 원하고 바라는 모습으로 살기를 원한다.
하지만, 이전에 하던 방식을 되풀이하고 있다.

'가짜 감정'의 노예가 되어 살아가고 있다.
아마도, 그렇게 살고 있는지도 모를 수 있다.

'가짜 감정'을 찾기가 쉽지 않지만 어렵지도 않다.

가만히 두드려 보면 보인다.

제 3 장

마음의 상처를
보듬고 싸매어 주기

Konso in Ethiopia

상처투성이 아이

'엄청나게 작고 상처투성인 아이' 선영은
행복이 무엇인지 알지 못한 채
무던히도 마음 아프게 살았던 것 같다.

사랑에 대한 갈증과 결핍을 얻기 위해
결혼을 선택했지만 남편에 대한 실망만 쌓였고
결혼 생활은 무미건조해졌다.

그러던 차에 대학원 '가족 상담' 수업에서
무의식적 상처를 수용하라는 말을 들으면서
마치, 내게 하는 것 같아 마음이 편하지 않았다.

용기를 내어 '상처투성이 아이'에게 다가갔다.
'함께해 주지 못해, 널 알아주지 못해 미안해'
"이젠, 너와 함께할게"
그렇게 인정해 주고 용기를 주었다.

가끔, 온전한 치료가 되지 못한
'상처투성이 아이'를 만나지만 두렵거나 무섭지 않다.
언제든 만날 준비가 되어 있기에

'너는 소중한 아이야'

capetown in Republic of South Africa

화려한 외출

아름다운 날갯짓하렵니다.
이젠, 누군가에게 구속되지 않으렵니다.
자유로운 영혼이 되렵니다.
갇혀 있었던 지난날이 후회됩니다만
나만을 위한 날갯짓을 하렵니다.
그늘에서 벗어나렵니다.

무시당해야만 했던 내가 한스럽습니다.
방관했던 내 모습이 부끄러웠습니다.
상자 속에 갇혔던 내가 외출하렵니다.

홀로 있게 묵인했던 내 모습을 보았습니다.
꿈틀거리지도 못한 것이 후회됩니다.
깜깜한 방에 오랫동안 머물렀습니다.
속박당했던 어린 시절이 안타깝습니다.
이젠 껍데기 벗기고 탈출하렵니다.
나비처럼 훨훨 날아가렵니다.

"○○아, 더 이상 움츠리지 말자."
"○○아, 자 지금 화려한 외출을 하자"

Lalibela in Ethiopia

일어나 함께

철광석에 들어 있는 철을 용광로에서 분리해 낸다.

감정도 용광로에서 분리되어야 한다.
진짜인지 가짜인지,
진정한 감정인지, 대체된 감정인지

과거에 형성된 감정을 반복합니다.
내뱉고는 다시 삼키지도 못하는 감정을

어린 시절에 어쩔 수 없이
나도 모르게 가져야만 했던 부정적 정서
이제, 두려워하지 말고 하나하나 꺼내 봅시다.

살기 위해, 진짜 감정을 표현할 수 없었던
마음속 밑바닥에 움츠려 있는
'어린아이'가 오랫동안 기다리고 있었습니다.
장벽을 걷어 내고 두 손 내밀어 일으켜 줍시다.

'○○아, 일어나 함께 가자'

Konso in Ethiopia

용서하지 않으면

수십 년째, 마음속 깊은 곳에 응어리져 있는 원망
어찌, 뼛속 깊숙이 파고든 한을 파낼 수 있겠는가?
너라면 쉽게 용서할 수 있겠는가?

억울하고, 비참해질까 봐 용서 못 한다.
신께서 다가와서 인제 그만 용서하라 해도
난, 정말 못 한다.

불쑥불쑥 그 인간이 나타난다.
오래전 마음속에 자리 잡았던 그 작자다.
평상시엔 잠잠히 있는가 싶었더니
영락없이 툭툭 펀치를 날리며 나타난다.
반복되는 쓰라림에 지쳐 넘어지려 한다.

자신의 안녕을 위해 용서하라.
원수 같은 그자를 쫓아내려면,
이것저것 재지 말고 용서의 길을 가야 한다.

모두가 잘살기 위해

'용서해야 합니다.'

Dorze, Arbaminch in Ethiopia

7살 때는 잘 몰랐는데

어둑어둑해질 때까지 비 쫄딱 맞으며 서러워했다.
아무도 나를 집으로 들어오라 하지 않았다.

이불을 뒤집어쓰고 밤새 울었다.
'그래 봤자 너만 배고프다.'
차가운 엄마의 목소리만 들려왔다.

칠십 넘기신 엄마와는 지금도 한방에서 잠을 못 잔다.
그때 왜 나에게 그렇게 모질게 했냐고 물어볼 수가 없다.
엄마가 너무 힘들고 아파하실 것 같아서

'가족 조각'이라는 치료작업에 참여했다.
눈을 감고 손잡은 파트너를 엄마로 상상했다.
처음엔 냉정하고 차가워 밀쳐 버리려고 했다.
시간이 흐르면서 파트너는 나를 안아 주었다.
'선희야! 이제 그만하고 밥 먹자'
뛰쳐나가 비 맞고 있던 아이가 듣고 싶었던 말이었다.
한순간에 힘들었던 마음이 녹아내리는 것 같았다.
아픈 기억을 밀어내며 홀가분해졌다.
조금씩 조금씩 엄마에게 다가가자고
7살짜리 선희와 약속을 했다.

'선희야 우리 잘 살아 보자'

Arbraminch in Ethiopia

불안의 실체는

'불안'에는 초조함, 걱정, 근심, 염려, 두려움 등이 있다.

'잘못되면 안 되는데, 실수하면 어떡하지, 잘할 수 있을까?'
사람들은 쓸데없이 걱정하고 근심한다.
하지 않아도 되는데 왜 그렇게 벗어나지 못하느냐고 한다.
해 보지도 않고 지레 겁을 먹고 움츠린다.

불안을 만나러 가자.
침착하게 불안한 마음을 찾아보자.
큰일 날 것만 같은 불안이 어디에 있는지를 보자.

불안은 의외로 마음에 존재하지도 않는다.
불안의 실체가 내 속에는 없다.
마음이 만들어 낸 망상이고, 허구이고 가짜다.

불안할 때의 불규칙한 호흡을 '심호흡'으로 바꿔 보자.
깊이 들이마셨다가 내뱉고를 반복하는 연습이다.
천천히 들숨과 날숨을 반복해 보자.
아랫배가 부풀러 오르고 가슴이 들썩이게
어깨가 펴지도록 깊게 호흡을 꾸준히 해 보자.

불안을 치료하는 정말 좋은 방법이다.

Luxor in Egypt

만나고, 다스리고, 토닥거리기

치명적인 상처 하나쯤은 누구나 있다.
그로 인해, 분노는 부푼 풍선처럼
터지기 일보 직전인 사람도 있다.

조절 능력이 사라지게 되어
분노의 버튼을 누른다면
누구도 감당할 수 없는 지경에 이르게 된다.

사실, 마음을 다스린다는 것이 쉽지는 않다.
열심히 수련한다고 해도
나도 모르게 튀어나오는 것이 분노다.
분노는 눌러서 없어지는 것이 아니기 때문이다.

분노가 올라오면
호흡을 좀 깊게 하면서 맞닥뜨려 보는 것이다.
처음엔, 쉽지 않겠지만 익숙해지면
분노를 맞이하고, 만나고 토닥거리며 다룰 수 있게 된다.

그대에게는 그렇게 할 수 있는 힘이
오래전부터 있다는 것을 기억했으면 좋겠다.

Dorze, Arbaminch in Ethiopia

너는 착한 아이야

매번 떨리는 마음으로 5번이나 본 영화 제목이다.

미즈키와 오오미야!
둘 다 아동학대를 경험한 아기 엄마지만
양육 방식은 확연히 달랐다.

미즈키는 딸아이를 지속적으로 학대하고 있었고
오오미야는 포용적이고 수용적이었다.

오오미야에게는 사랑을 줬던 할머니가 있었다.

어느 날 미즈키가 딸에게 손찌검하는 것을 보고
오오미야는 다가가 부둥켜안아 주며
"미즈키, 너는 소중한 아이야"라고 속삭여 주었다.
복받쳐 오르는 설움, 한동안 미즈키는 흐느꼈다.

미즈키는 어린 시절
'나는 소중한 아이가 아니야'라고 결정했어야만 했다.
오오미야의 "너는 소중한 아이야" 한마디가 힘이 되었다.

'그래, 미즈키는 소중한 아이야'

Dorze, Arbaminch in Ethiopia

소리를 질러 보라

산 정상에 올라 '야호' 하며 외친 적 있다.
뻥 뚫려 상쾌한 기분이 온몸을 휘감는 느낌이랄까
단순한 소리를 넘어서 엄청난 에너지가 있다.

고영순 교수의 '소리 지르기의 치료적 의미[9]'라는 글을 읽고
깊은 공감을 하면서 꼭 소개해 주고 싶었다.
어린 시절의 고통을 재경험하게 하여
억압된 마음으로부터 평안을 갖게 한다는 기법이다.

자신이 가진 내면의 고통을 절규와 흐느낌으로
다시 만나게 하는 것이 첫 번째 단계다.
깊숙이 쌓아 놓은 아픔을 향해 내려가면서
어린 시절에는 표현할 수 없었던 진짜 감정을
만나게 해 주는 것이다.

만나서 끌어안고 함께 흐느끼는 과정이 2번째고
다음으로 억압했던 고통을 외부로 발산해서
고통의 무게를 가볍게 해 주는 것이다.

'야호' 소리를 지르면 시원한 것처럼
흐느끼며 나를 만나 주면 '평화'가 찾아온다.

---

9 치유상담연구원, 칼럼 교수논단.

Cairo in Egypt

내면으로 들어가면

내 속으로 들어가면 무엇이 있을까?

두렵고, 무서워 들어가기가 겁났다.
수치심, 모멸감, 열등감이 보일까 봐
부끄러워 고개 숙인 채 숨어 있는 내가 들킬까 봐
내 속으로 들어가기 싫었다.

용기를 내어, 그 아이를 만나러 들어갔다.

그 아이를 만난 것이 내겐 큰 축복이었다.
만나지 못했다면, 오랫동안 그 아이는
골방에 빛을 보지 못하고 살았을 것이다.

내면의 아이를 바라보면서 한참을 울었다.
곧 아이에게 다가가서는 두 손을 꼭 잡고
축 처진 어깨를 토닥거리며 끌어안았다.

'괜찮아. 이젠 외롭지 않게 할게'

나에게 용기를 줄 에너지가 있다는 것도
처음으로 알게 되었다.

Livingston in Zambia

성인 아이에서 벗어나기

'성인 아이'에게서 벗어나려면
'나는 성인 아이입니다.'라고 선언하는 것이다.
인정하려 할 때, 부끄러움이 먼저 올라오고
수치스러움, 두려움, 불안함, 초조함과 같은
부정적 감정이 동반될 수 있다.
그때, 피하거나 무시하지 말고 직면이 필요하다.

'수치스러움이 올라오네'
'비참해지는 것 같아'
'왠지 불안하고 초조한 것 같아'
그런 자신을 맞닥뜨리는 것이다.

부정적 감정들이 내 안에 있음을 인정하고
하나하나 만나 주는 것이다.
오랫동안 숨어 있던 것들이 드러나는 데는
통증이 수반될 수 있다는 것을 잊지 않았으면 한다.

이젠, 그 성인 아이가 성장할 차례다.

Morondava in Madagascar

한 번만 봐 주세요

부모님은 무슨 이야기를 하려고 할 때마다
호응해 준 적도 없고 눈 한 번 마주쳐 주지도 않았다.
끝나면, 아무 말씀도 없으셨다.
지금도 여전하다. 부모님께 상의하려 해도
'네가 알아서 해~' 이게 다다.

언제부터인지 듣지 않는 듯한 반응을 보이면
자동 반사적으로 입을 닫아 버렸다.
부모님께 느꼈던 '거절감'을 반복하기 싫어서다.

명신 씨 밑에는 1살 차이 잘생긴 동생이 있었다.
가족이나 친척들은 아들만 이뻐했다.
잘한 일은 당연히 한 것이고 동생에게는 칭찬이 쏟아졌다.

내 속에 상처받은 아이가 숨 쉬고 있다는 것을
알아차리고서도 만나 보려 하지 않았다.
또 아프기 싫었고, 그 감정을 느끼고 싶지 않았다.

돌이켜 보면, 참 바보 같았다.
'이젠 외면하지 말아야지' 다짐해 본다.
만나서 깊은 포옹을 해 줘야겠다.

Victoria fall, Livingston in Zambia

초기 기억을 찾아서

가족치료 워크숍에서 경험했던 작업이다.

짝을 짓고 서로 등을 맞댄다.
가장 어린 시절의 기억을 떠올려 본다.
한 사람은 이야기하고 다른 사람은 듣고 기록한다.
쉽지는 않지만, 분명하고 생생하게 회상해 본다.

어떤 사건이었고, 어떤 경험을 했는지…

그때의 느낌과 열망을 떠올려 보는 것이다.
외로웠는지, 초라했는지, 당당했는지, 존중받았는지
간절하게 열망했던 것이 충족되었는지

기록한 내용을 상대방에게 들으면서
상처와 고통스러워하는 자신을 볼 수 있었다.
초라하고 불쌍한 어린아이와 마주했다.

외로운 아이를 끌어안고 일으켜 세웠다.
이젠 더 이상 외로워하지 않아도 돼, 함께 가자.

치유의 길로 가는 첫걸음이다.

Morondava in Madagascar

잘 견뎌 줘서 고마워

내 속으로 떠나는 여행을 시작해 봅니다.
눈을 감고 딴 생각이 나지 않도록
숨을 쉬다 보면, '공기'가 기도를 타고 넘어가는 것만
느끼게 되고 잔잔한 상태를 맞이하게 됩니다.

평소 해 보지 않은 마음속으로 들어가 보는 것입니다.
그 속으로 들어가서 나를 만나 보는 작업이랍니다.
불편한 느낌이 드나요? 아니면 벅찬가요!
어떤 느낌이 올라오는 것 같나요?

예, 천천히 심호흡하면서
쑥 빠져들 듯이 도달할 수 있는 깊이까지 가 봅니다.
그곳에서 내 모습이 보이던, 그렇지 않던
그냥, 내 이름을 불러보세요.
그리고 고마움의 메시지를 들려주세요.

'○○아, 잘 견디어 주어서 고마워'
'○○아, 내게 삶의 힘을 실어 주어서 고마워'
'○○아, 어려움에도 불구하고, 잘 살아 줘서 고맙다'

한마디 한마디가 평안으로 가게 합니다.

Antsirabe in Madagascar

아버지 잘 가세요

돌아가신 아버지와의 대화를 가족치료 워크숍에서 경험한다.

"아버지가 이 자리에 오셨다고 상상해 보세요."
"아버지에게 하고 싶었던 말이 있나요?"

　왜 우리를 버려 두고 가셨어요.

"원망하는 마음이 있으시네요?"

　경제적으로 아주 힘들었어요. 화가 많이 나요.

"돌아가실 때 무슨 말씀을 하셨나요?"

　아무 말도 하지 않았어요. 의식이 없었거든요.

"만약, 아버지가 말씀하셨다면 뭐라고 했을까요?"

　아들아 미안하다. 동생들 잘 보살피고 잘살아라.

"잘 성장한 아들을 보면서 뭐라고 말씀하실 것 같은가요?"

　뿌듯해하실 것 같아요. 미안해하시는 것도 같아요.

"아버지에 대한 좋은 기억과 경험은 무엇인가요?"

　함께 놀아 주고 지지해 주고 칭찬해 주셨어요.

"아버지는 돌아가셨지만, 사랑과 지지를 남겨 주셨네요."

(중략)

"이제 아버지를 천국으로 잘 보내 드릴 시간이네요"

　아버지 잘 살게요. 어린 3남매 남겨 둔 것 때문에 부담 갖지 않아도 돼요.

　아버지 그동안 키워 줘서 고마웠어요.

　아버지 잘 가세요.

제 4 장

마음을 치유하고
일어선 내 모습

Lalibela in Ethiopia

sing for gold

노래만큼 심금을 울리고 감동을 선사하는 것도 없다.

합창이 끝나고 모두 숨죽이고 있는 듯하다.
마침내, 탄성이 나오고 환호성을 지른다.

눈동자를 흠뻑 적시고 되돌아 나간
뜨거운 눈물은 볼 위에서 빛을 낸다.

형용할 수 없는 감동을 만나 본다.
어떤 언어로도 표현할 수 없는 감격이다.
뻣뻣한 눈물샘을 자극해서 나온 것이 아니라
심해에서 솟아오른 눈물인 것이다.

합창 오디션 프로그램 sing for gold
공연자들의 열창과 역동적인 퍼포먼스
전율이 느껴질 정도로 감동적이었다.
감탄의 홀 속으로 빨려 들어가고 있었다.

깊은 숨 내쉬며 평안으로 향한다.

Antsirabe in Madagascar

NOT OK

'I am OK, You are OK'
나의 SNS 프로필 문장이다.

곰곰이 생각해 본다.
타인에 대해서 OK로 바라보고 있는지

종종, 타인을 비난하며 NOT OK가 된다.
아직도 내 속에는 '타인 부정' 태도가 있다.

내 속에 응어리진 것이 한두 개가 아닌 것 같다.
큰 놈 몇 덩어리를 부쉈다지만
여전히, 타인에 대해 'NOT OK'다.
다시금 'NOT OK' 하게 하는 결석을 찾아야 한다.
그래서 하나씩 하나씩 또 부수는 것이다.

어떤 부정적인 덩어리가 있는지 찾아내는 것과
부수는 작업은 만만치 않은 저항이 따른다.
하지만, 멋지게 살려면 힘을 내야 한다.

'I am & You are OK'에 가까워지도록

capetown in Republic of South Africa

과거로 가는 다리를 건너지 않겠다

이영호, 박미현의 저서 제목이다.
이 제목을 본 순간 눈물이 핑 돌았다.
한동안 뇌리를 때리듯 오랜 시간 멈춰 있어야 했다.

때때로 난 과거로 가는 다리를 건너
어린 시절 '상처받은 아이'가 되어 버리곤 한다.
인정받기를 원했지만 충족되지 못한 상태로 자라
쌓아 놓고 분노는 건드려지면 폭발해 버린다.

화를 내거나, 삐진다거나, 폭력적이거나 등등은
현재보다는 과거의 눌러 놓았던 감정이다.

지금 여기에서 행복하지 못하다면
과거로 건너가 허우적거리고 있는 것이 분명하다.

과거로 돌아갔더라도 허우적거림의 강도를 줄여 나가고
과거로 돌아가는 횟수를 줄이는 것이 필요하다.

지금의 상태가 과거의 다리를 건넜는지 그렇지 않은지를
분별할 수 있는 지혜가 필요한 것이다.

그대에게!

Antsirabe in Madagascar

모질게 구박하지 마세요

모질게 구박하지 마세요.
뭘 그렇게 잘못했다고 그런가요?
그렇게 하면 맘 편한가요?
나마저 날 지지해 주지 않으면
누가 날 어루만져 주나요.

'나는 어떤 일을 해도 안 돼, 이젠 틀렸어.'
'뭘 해도 미래가 안 보여, 태생부터 난 안 되는 놈이야.'

이젠, 이런 메시지는 중단해도 됩니다.
당신은 봄날 햇살처럼 소중하니까요.

당신의 이름을 불러보세요.
'다해 엄마'처럼 누구누구의 '대명사'가 아닌
고유명사 '한명심'을 불러 보세요.

어색하신가요? 부끄러우신가요?
찡하고 눈물이 핑 도시지요.
낯설기만 한 내 이름 불러 보며 반갑게 맞아 주세요.

나밖에 없답니다.

Chobe in Botswana

한 사람이라도

사진 한 컷을 통해
많은 이들의 마음을 울렸으면 하는데
그건 내 욕심일까?

감동을 줄 수 있는 사진을 찍었으면 좋겠다.
마음을 움직일 수 있는 장면을 담았으면 한다.

많은 사람의 아픔과 상처가 아물도록
치료의 광선이 되는 사진을 찍었으면 좋겠다.

한 사람이라도 진짜 눈물을 흘리게 했으면 좋겠다.
한 사람이라도 나의 사진에 빠졌으면 좋겠다.

두서너 사람이 감탄해 준다면 여한이 없다.
내 사진에 생명이 있어 살아 있으면 좋겠다.

치유의 힘이 솟아나는 사진을 찍었으면 좋겠다.

살아 있는 동안에

Omorate in Ethiopia

자유로움

누구나 마음 깊은 곳에는
존중받고 사랑받고 싶은 열망이 있다.
기대보다는 깊은 차원의 바람이고
누구에게나 주어진 소망이다.

기대가 이루어지지 않으면 실망하면 된다 치지만
열망이 충족되지 않으면 다양한 증상이 나타나고
자유롭고 행복한 삶에 영향을 준다.

태아기, 유아기, 아동기, 청소년기에
부모로부터의 열망이 충족되지 않았다면
존중받지 못했던 자신을 만나 줘야 합니다.
Self Talking은 참 좋은 방법입니다.

'그땐 어쩔 수 없었지만, 이젠 다르단다'
'내가 있잖아!, 이젠 나도 힘이 있어, 도와줄게'

열망은 꼭 채워 줘야 합니다.

자유로움을 위하여

Antsirabe in Madagascar

참 여행

여행지로 선진국보다는 오지가 더 많은 것 같다.
잘사는 나라를 피하는 것은 아니다.

여행지 선택이 빈부의 차이를 보려는 것이 아니다.
잘사는 나라에 왔다고 우쭐대기 위해서도 아니다.

새로운,
문화를 이해하고
시각을 갖게 되고
사람을 만나 보고

차이보다는 다름을 인정하는 여행
이게 참 여행이 아닐까?

사는 모습과 양식이
우리와는 사뭇 다를지라도

행복한 사람과의 만남에
나의 여행도 행복이 된다.

행복 에너지를 얻어 가는 게 참 여행이다.

Arbaminch in Ethiopia

고독과 외로움

고독은 홀로 있는 듯이 외롭고 쓸쓸한 마음이지만
외로움은 타인이나 집단에 의해 홀로 된 상태다.
외로움은 힘겹고 괴로운 시간을 보내게 하고
빠져나오지 못하고 깊어지면 극단적 선택을 하게 된다.
외로움은 누군가가 주어서 풍덩 빠진 것이다.
그곳에 머무를 것인가 아닌가는 나의 선택이다.

외로움에서 벗어나려면
첫째, 알아차리는 것이다.
'아, 내가 외롭구나, 그래서 내가 힘이 드는구나!'

둘째, 버리겠다고 선언하는 것이다.
'지금 여기서, 나는 외로움을 내 안에서 내보내겠습니다.'

셋째, 표현하는 것이다.
'나 외로워요', '나 좀 알아줘요', '나 힘들어요'

넷째, 고독한 시간으로 바꾸는 것입니다.
홀로 묵상하며 나를 돌아보는 시간을 갖는 것이다.

다섯째, 신과 깊은 만남을 가지는 것이다.
신뢰의 대상을 바라보고 에너지를 충전하는 것이다.

Antsirabe in Madagascar

몰입

'Zentangle 전시회'를 우연한 기회에 접했다.
Zen은 '몰입', '집중'이며
Tangle은 복잡하게 얽힌 패턴 선이라고 하면서
손으로 그리는 명상 또는 Brain 요가라고 한다.

특별한 기획이나 의도하지 않은
단순한 선을 반복해서 그리다 보면
어떤 소리도 들리지 않는다고 한다.
다른 사람과 비교하지 않고
펜이 가는 대로 손 가는 대로
선이 삐뚤어져도 옆으로 빠져도 된다.
이쁘게 그려야 한다는 강박에서 벗어나
마음 가는 대로 그려 내는 것이다.

무엇보다, 'Zentangle' 하다 보면
집중과 몰입의 바다에서
나를 존중하는 시간을 보내게 된다.

이 작업에서 오롯이 나를 만날 수 있다는 것이다.

몰입할 수 있는 것을 삶 속에서 찾아보자

Lalibela in Ethiopia

눈이 부시게

간혹, 드라마를 보면서 흐느끼며
힐링이 되고 치유되는 경험을 한다.

그중 하나, '눈이 부시게'란 드라마다.
대사를 들으면서 엄청나게 울었던 것 같다.

"인생이 불행했고 억울하다고 생각했습니다.
그런데, 지금 생각해 보니 행복했거나 불행했던
그 모든 기억으로 지금까지 버티고 살았던 것 같습니다."

"새벽에 쨍한 햇살과 차가운 공기
꽃이 피기 전 달콤한 바람
해 질 무렵 우러나는 노을의 냄새
어느 하루도 눈부시지 않은 하루가 없었습니다."

"후회만 가득했던 과거
불안하기만 한 미래 때문에 지금을 망치지 마세요."

오늘을 충실히 살아가려고 해 보세요.
당신은 그럴 자격이 있습니다.

Omo rate in Ethiopia

오래된 상처

문뜩, 불행했던 옛 과거가 떠오른다.
이건 뭐지 하면서도 한 번은 가 봐야 하는 길
과거로 돌아가 본다.

오래된 상처,
아물었다고 생각했는데
오늘, 불쑥 나타나서는
가슴을 후빈다.

오래된 아픔,
덮어 버리고 살았는데
오늘, 깊게 뻗어 내린 그 고통의 뿌리를 보여 준다.

난, 보고 싶지 않아
애써 고개를 돌린다.
봐라, 피하지 말고 마주쳐라.
기회가 또 올 줄로 착각하지 말라.

부딪쳐 봐라.

그래야 내가 산다.

두려운 오디션

America Got Talent 오디션 프로그램
코네티컷 출신 언어장애를 가진 19세 소녀 이야기다.

심사위원의 질문에 더듬거리며 대답한다.
"자신이 부끄러웠고 창피했고 숨고 싶었는데
그런데 분명히 뭔가가 저를 일어나게 했어요."
"노래할 때는 말을 더듬지 않습니다. 참 이상하죠."

"난 아직도 그 아이가 자신의 문 여는 것을 두려워했던 것이
기억납니다. 그러나 이젠 더는 두려워하지 않을 거예요."
"아직도 그 아이가 더 많은 걸 원한다는 것을 알아요."
"두려움이 내 안에 있다는 것도 알아요."
"이젠, 변화시켜야겠어요."
"그들은 나를 깨어나게 했어요."

"당신은 충분히 지금 잘하고 있어요."
"당신은 훌륭하게 수백만 명에게 감동을 줬답니다."
"당신은 정말 대단한 사람입니다."

심사위원들의 말이다.

ليس هو ههنا لأنه قام
كما قال.

متى ٢٨:٦

He is not here;
he has risen,
just as he said.

Mt 28:6

Cairo in Egypt

164

지금이 그때다

일어날 일은 일어난다.
일어나지 않은 일은 일어나지 않는다.
확률적으로 일어날 확률은 '50%',
일어나지 않는 것도 '50%'이다.

어찌 이런 일이 내게 일어났냐고
한탄만 하지 마라.
일어날 일은 피해 갈 수 없다.
내가 무슨 잘못을 했길래
그러시냐고 하지 마라

어느 곳에서든지
할 수 있을 때가 오면
내가 하고 싶은 것들을 해 보는 것이다.

숨어 있지 말고 바깥세상으로 나와라.

당신에게 존재하지 않았던 날이 오게 된다.
어쩌면 지금이 그때가 맞는 것 같다.

Dorze, Arbaminch in Ethiopia

맑은 정신

후진 주차하던 중 '쿵' 하는 소리에
순간 정신이 번쩍 든다.
'삐비빅', '삐비빅', 경고음을 보냈건만

사람은 왜 실수하는가?

복잡한 심경이 며칠째 계속되었다.
잘되지 않은 일로 남 탓하고, 원망도 늘어놓았다.
탁한 정신이 화를 부른 것이다.
맑은 정신을 유지하지 않아서 일어난 일이다.

회복 탄력성이 부족하다 보면,
맑은 정신으로 되돌아오기가 쉽지만은 않다.
탁한 정신으로는 실수의 연발이요 패자가 되기 쉽다.

용수철처럼 회복 탄력성을 키워 보자
맑은 정신은 가지도록 기도하는 것이다.
오래전 우리 안에 자리 잡은 에너지로.

오늘도 맑은 정신을 유지할 수 있도록
은근과 끈기를 발휘할 때다.

Livingston in Zambia

털어 내기

생각났을 때
떠올랐을 때
마음먹었을 때
털어 버려야지

깃털같이 가벼운 것도
찌들어 버린 것도
짓눌린 것도
미련 없이
털어 버려야지

떨어지려 하지 않더라도
오랜 동무로 지냈어도

인생길 위에서
털어 버리고 가야지

몸에 밴 어린 시절 상처 말이야.

Omo rate in Ethiopia

후회하지 않는 결정

슬픈 일이 없기를 바라는 마음은 누구나 똑같다.
정도의 차이만 있을 뿐, 예외 없이 찾아온다.

슬픈 일은 고통이고 받아들일 수 없는 아픔이다.
하염없이 통곡하게 만든다.
망망대해 홀로 서 있는 듯한 외로움을 몰고 온다.
막막한 혼돈 속에 갈 길을 잃게 하기도 한다.

슬픔은 스스로 삶을 마감하게 하기도 한다.
슬픔은 많은 역기능적 요소를 내 삶에 뿌리내리게 한다.

슬픔에는 순기능도 있음을 기억하세요.
정화와 변화의 기능이 있다.
통곡하게 되고, 내 속에 있는 한을 풀어내게 한다.
슬픔은 잠시 머물렀던 '자리'에서 변화되도록 해 준다.

고통스럽지만,
슬픔에 깊이 들어가 보세요.

살아야 할 삶의 힘이 거기에서 생겨납니다.

Dorze, Arbaminch in Ethiopia

요 요 요 요 요

비포장 언덕길을 따라 30분
산속으로 들어가다가 만나는 마을 도로제(doroze).

도로제 의미는 '베 짜는 사람'이란 뜻이다.
실제 베를 짜는 전통을 이어 가는 마을이다.

이방인을 위한 환영식이 열린다.
허름한 북을 치며 특유의 리듬에 맞추어
퍼포먼스가 시작된다.
에티오피아 소수민족의 춤에 흠뻑 빠져 본다.
손잡고 들어와 함께하잔다
옜다 모르겠다.
한바탕 흥에 젖어 본다.

주인이 '요요요요요' 다섯 번 선창하면
손님은 '요요요요요요' 여섯 번 후창한다.
행운을 빌어 준다는 뜻을 가진 구호다.

건배할 때는 '요요요' 하고 끝을 올린다.

도로제 사람들과 함께한 사이
답답했던 가슴이 뻥 뚫린다.

Tana in Madagascar

화 다루기

화를 초기에 싹을 잘랐으면
큰 화를 면할 수 있었건만
다 자라난 화(火)로 인해
내 아이들을 병들게 한다.

집착, 편견
섣불리 넘겨짚기
부정적 해석, 비판
알량한 자존심

누가 줬는지, 어디서 왔는지 묻지 말고
저절로 없어질 것이란 기대도 하지 마라.

이젠, 풀 베듯 쳐 나가는 작업이 필요하다.
가지 치듯이 베어 버릴 시간을 놓치지 마라.

두 눈 크게 뜨고 마주하며 훅 날려 보내자.

'잘 가!, 더 이상 날 괴롭히지 말고'

그래야, 내 자식들이 잘산다.

Lalibela in Ethiopia

산티아고 가는 길

산티아고 순례길을 걷고 싶다.

영상을 통해, 여행자의 경험담을 보면서
죽기 전에 꼭 가 보고 싶은
버킷리스트 산티아고 순례길

그곳엔 삶을 마감한 자의 무덤에 비석이 있다.

꿈을 갖게 해 주는 길
포기를 멈추게 해 주는 길
다시 돌아올 힘을 주는 길
회복의 기회를 주는 길
삶을 회상하게 해 주는 길

그곳은 노란 조개 모양 화살표가 이어져 있다.
1,000년 넘게 이어졌던
순례자의 길이다

그 길 따라 걸으며
용감하게 한 발짝 한 발짝 내딛는
위대한 나를 보고 싶다.

Lalibela in Ethiopia

자아실현

어려워서 접근하려고 하지 않는 용어다.
'자아실현'이 목표인 사람은 얼마나 될까?
그대와 나는 이를 목표로 살아왔을까?

매슬로(Maslow)의 피라미드식 욕구 이론
맨 꼭대기에 있는 욕구다.

진정으로 도달한 사람이 1%도 안 되는 소수라고 한다.
나와 그대는 '해당 사항 없음'이네.
참 슬프다.

매슬로는 진정으로
그대와 나 같은 이들은 이룰 수 없다고 했을까?
'NO', 결코 아니다.
그는 세상을 왜곡하지 않고, 덜 감정적이며
좀 더 이성적이면 된다고 한다.

발랄하고, 순발력 있고, 용기를 가지고 있고
맡겨진 일을 열심히 하면,
1%의 사람이 될 수 있다고 했다.

이제 주어진 인생 시간을 잘 구조화하여 살면 된다.

Lalibella in Ethiopia

한적한 곳

명상의 방법이 50여 가지가 넘는다고 한다.

분명한 것은 효과적이고 의미가 있다는 것
목적은 쉼과 힐링, 그리고 치료

명상은 장소가 중요하다.
그 선택에 따라 깊이가 달라진다.

한번은 안방 침대에서 시도해 봤다.
결과는 뻔했다.
잡념만 떠오르는 것 아닌가.

명상은 조용한 곳에서 하는 것이 정답이다.

자신에게 맞는 한적한 곳을 찾아
골방 같은 곳이라면 더 좋다.

깊은 심상의 세계에 들어가 보는
경험이 그대에게도 있기를 소망해 본다.

Livingston in Zambia

이젠 고개를 돌려 봐

과거 상처받았던 어린 시절로 잠시 돌아가 본다.
거기에서 나를 만난다.
'그동안 잘 있었니?'

아무런 대답이 없다.
가까이 다가가려는데 숨어 버린다.
혹시, 수줍음 때문일까?
아니다. 수치심 때문이었다.
그래서 얼굴을 들 수가 없었는지도 모른다.

"그랬구나, 많이 힘들었겠구나"
"미안해, 이젠 숨지 않아도 돼"
"고생했어, 더는 그렇게 살지 않아도 돼"
"너와 함께할 거야"

"이젠 고개를 돌릴 수 있지."
"우리 서로 인사할까?"

"안녕" 하며 인사를 한다.
그래 "안녕" 잘살아 보자.

Morondava in Madagascar

흘리는 눈물

눈물의 종류는 수없이 많다.

눈이 매워서 흘리는 눈물
참회할 때 흘리는 눈물
감격해서 흘리는 눈물
보고 싶어 그리워하며 흘리는 눈물
감성에 젖어 흘리는 눈물
연민, 동정의 마음에서 나오는 눈물
억울한 일을 당했을 때 흘리는 눈물
육체의 통증으로 인해 너무 아파 흘리는 눈물
외로워서 흘리는 눈물
모욕당해 수치심을 느낄 때 흘리는 눈물
용서하고 화해하며 흘리는 눈물

무엇보다도 삶에서 꼭 흘려야 할 눈물이 있다.

상처받은 '나'를 만나 깊은 포옹을 하면서 흘리는 눈물이다.

언젠가 한 번은 꼭 흘려야 하는 치유의 눈물이다.

Lalibella in Ethiopia

울 곳

'할머니 어디 가요?' – '예배당 간다.'
'왜 예배당 가서 울어요?' – '울 데가 없다.'
'울면 어떤데요?'
'그야 묵은 찌꺼기 내려가듯 시원하지.'

시인 김환영의 동시 「울 곳」의 일부다.

카타르시스, 정화라고나 할까.
불순하고 더러운 것이 깨끗해지는 것이다.

엉엉 소리 내어 울 때가 없다면,
더 늦기 전에 '울 곳'을 만나야 한다.

나이 45세에 '울 곳'을 만났다.
'핵심 감정 찾기' 집단상담 모임에서다.
얼마나 울었는지 모른다.
복받쳐 오르고 주체할 수 없었다.
남을 의식하지도, 창피해하지도 않았다.

내 안에 들어 있었던 나를 처음으로 만났다.

그토록 나를 힘겹게 했던 나를

Morondava in Madagascar

안주하다 보면

어둠 속에 오래 있다 보면
자신이 누구인지 잊어버리기가 쉽다

어둠 속에 오래 머물다 보면
빠져나올 힘조차도 없어지게 된다.

좀 불편하더라도
그냥 머물러 있고 싶을 때가 있다.
속지 말자.
불편한 것은 불편한 것이다.

그러다 보면, 시야가 좁아지게 된다.

안개 끼면 앞이 흐릿해지듯
심목(心目)이 흐려지면
잘잘못을 분리해 내지 못한다.

안주하다 보면, 그렇게 된다.

누구도 예외는 없다.

Lalibella in Ethiopia

스트로크(Stroke) & 스트라이크(Strike)

스트로크(Stroke)와 스트라이크(Strike)는
스펠링이 하나 다르다.
'i' 와 'o' 다.

스트라이크
명쾌하며, 팬타스틱 하다.
스트라이크가 잡으면 하이 파이브가 절로 나온다.
스트라이크 아웃을 잡으면 주먹을 불끈 쥐곤 한다.
파이팅의 결과다.

스트로크
'쓰다듬기', '달래기', '칭찬하기' 등으로 쓰인다.
침묵하는 아이의 말문을 열 수 있는 도구다.
마음 문 닫고 있는 아이를 나오게 할 수 있다.

칭찬받아 본 적 없는 부모는 칭찬에 인색하다.
그래서 자녀를 평생 힘들게 살게 하는 것이다.

스트로크를 써야 한다.
안 된다고 하지 말고 해 보라.
칭찬하기 스트로크가 답이다.
참으로 강력하다.

Konso in Ethiopia

용서만이

부모로부터 받은 상처로 인해
습관적인 비난과 분노의 삶을 사는 사람이 많다.

어린 시절에 받은 상처 이야기를 어렵게 말씀드리면,
'그래, 내가 정말 잘못했구나, 미안하다'라고 하신다면
용서해 주려고 했지만,

'그건 사실이 아니다. 네가 잘못 판단한 거야'
'난 결코 널 그렇게 키우지 않았어.'
'내가 널 얼마나 끔찍하게 사랑했는데'라고 회피를 하신다.

기억조차 없다고 하신다면, 난 어떻게 해야 하나요?
나 홀로 모든 아픔, 슬픔, 고통을 안고 살아가야 하나요?

그런데도 '용서'해야 하는 겁니다.
용서는 부모를 위한 것이 아니라 나를 위한 것입니다.

찢어지고 너덜너덜해진 내 마음을 꿰매 주려고 하면,
늪에서 건져 내주는 행위는 '용서'뿐입니다.
분노나 비난은 마음에 평화를 주지 못합니다.

용서만이 나를 자유롭게 할 수 있다.

Konso in Ethiopia

혼나면 어때

성공을 위해 쉼 없이 달려만 왔다.
끊임없이 인정받기 위해 자신을 돌아보지 않고
칭찬해 주지 못한 것이 못내 후회된다.

결혼 후 너무도 이쁘고 착한 아내와
사랑스러운 두 아이를 '축복'이라 생각하지 못했다.
그저 평범한 남편이나 아빠처럼 살면 안 된다고
가족 규칙을 많이 만들어
아내와 아이에게 강요하고 살았던 것 같다.

돌이켜 보면, 한시도 맘 편히 못 산 것 같다.
'딴 사람에게는 혼나면 안 된다'라는
아빠의 명령을 순종하기 위해
무던히도 애를 쓰며 오랫동안 지내 온 것 같다.

늦게서야 연희 씨는 깨닫는다.
그까짓 것 혼 좀 날 수 있지, 혼나면 좀 어때

'혼나면 안 된다'라는 지배자로부터
'난 벗어나련다'라고 선언한다.

Jinka in Ethiopia

성격 차이

'성격 차이'로 헤어진다는 말이 있다.
'부부끼리는 차이가 있어서는 안 된다.'
모두 틀린 말이다.

부부는 서로 다른 사람의 결합체이다.
부부는 '같음'보다는 '다름'이 훨씬 많다.
자라 온 환경이 같지 않아서 그렇다.
부부가 서로를 지배하려 하기 시작하면
갈등이 시작되고 싸움으로 심지어 폭력도 일어난다.

부부가 일심동체라는 것을 믿어 왔지만,
부부는 이심동체가 적절한 표현 같다.

부부는 서로 상호보완 관계이기 때문이다.
부부는 서로가 필요로 해서 만나게 되는 것이다.
무의식적 상처를 싸매 주는 것이 부부인 것이다.

성격 차이가 결코, 헤어짐의 사유가 될 수 없다.

'다름'과 '차이'를 무시하는 것에 있는 것이다.

Morondava in Madagascar

떠나야 하는 이유

1월이면 동행하는 이들과 함께
해외여행을 가곤 했다.
코로나로 막혔지만,
사진 촬영과 더불어 자연 속에서
에너지를 충전하는 것이 목적이다.

사진을 찍다 보면,
팀에서 떨어져 혼자 있을 때가 많다.
이때부터, 대자연과 만남이 시작된다.
눈앞에 펼쳐진
대자연의 파노라마를 바라보고 있노라면
눈시울이 젖는다.

지치고 힘들어 마음이 아팠던
나를 만나는 뜨거운 눈물을 마주하는 시간이다.

단, 며칠이라도 좋다.
해외가 아니어도 국내 어느 곳이라도 좋다.
일상의 굴레에서 잠시 벗어나

더 늦기 전에 '채움'을 위해서
이것이 떠나야 하는 이유다.

Aswan, Egypt in Africa

마음을 비워

심리 프로그램에서
종종, 조언한다고 하면서 하는 말이
욕심부리지 말고 '마음을 비워' 보라고 한다.

어떻게 비우라는 거지?
무엇을 덜어 내라는 건지 도통 모르겠다.
그렇게 말하는 당신은 '마음을 비워' 보기라도 했을까?

방법을 알고 싶다고 해도 그냥 비우라고만 한다.
무엇을 비워야 하냐고 물어도 다 비우라고만 한다.

그대 마음의 항아리엔 무엇으로 차 있는지요?
집착과 고집 그리고 아집 덩어리가 있지 않나요?
움켜잡으려고 하는 욕심이 들어 있겠네요.

젊은이나 늙은이나
그것만 비워도
그대는 '마음을 비워'의 주인공이 될 수 있다.

Livingstone in Zambia

첫 만남

아무도 없는 곳에서
늘 관심 밖에 있었던 아이를 만난다.

누구도 관심 가져 주지 않는 곳에서
외롭고 쓸쓸했던 아이를 만난다.

숱한 상처를 고스란히 간직한 아이
오늘에서야 만난다.

말이 없다.
선뜻 다가가기가 쑥스럽다.
뭐라고 할까 망설여진다.

"미안해, 알아주지 않아서"

"고마워, 잘 견디어 줘서"

주체할 수 없이 흐르는 눈물을
오늘도 멈출 수 없다.

Tana in Madagascar

행복한 만남

30년 넘는 사진 찍기를 취미로 삼아
최근 12년, 선진국보다는
그렇지 않은 26개국을 다녀왔다.

그렇다고 빈부의 차이를 보려고 다니는 것이 아니다.
그저 그들의 오래된 문화를 이해하고
그들에 대한 편견보다는 새로운 시각을 갖게 되고
행복한 삶을 사는 사람을 만나 보고
차이보다는 다양한 다름을 인정하는 사진 여행
이게 참 여행이 아닐까 생각된다.

사는 모습과 양식은 사뭇 다를지라도
낮은 GDP에 현대 문명 속으로 푹 빠져들지도 않은
아프리카 마다가스카르, 이집트, 에디오피아, 잠비아에서
행복한 사람과의 만남이 이루어진다.

그런 여행은 내게 힐링이 되고 행복을 준다.
국내든 국외든 어디든 짬을 내어 가 보라

그곳에서 가면 기쁨을 만날 수 있다.

Cairo, Egypt in Africa

성찰의 시간

종종,
아랫배가 묵직해지면서
불편함을 느낄 때가 있다.
얼굴이 벌겋게 달아오르기도 하고,
핏줄이 서기도 한다.
이 정도면 불편함을 넘어 분노 수준이다

숨길 수 있는 감정은 없다.
상대가 알아차리지 못할 뿐, 표출되는 것은 시간문제다.
오랫동안 복수의 칼을 가는 사람도 있다.
한 방 먹이려다 받아치는 주먹에 내동댕이쳐질 수 있다.
그만큼 엄청난 손실을 스스로 감수해야 한다.

풀어내지 않으면, 평화로움이란 기대할 수 없다.
불편한 감정을 가지게 했던 상황을 만나야 한다.
이런 상태로 몰고 갔던 원인을 찾아 맞닥뜨리는 것이다.

성찰의 시간이 있었으면 좋겠다.
결코, '풀어내는 일'이 저절로 이루어지지 않는다.
누구에게도 방해받지 않으면서
나를 들여다볼 수 있는 시간이다.

Aswan, Egypt in Africa

아! 이런 거였어

영화 '우리들의 행복한 시간'

클라이맥스도 없는 잔잔한 사형수 이야기
15살 때 성폭행 경험으로 여러 번 자해를 시도한 소녀
첫 번째는 별다른 감동 없이 지루하기만 했다.

몇 번을 보면서
각본과 배우의 심리를 놓치지 않으려고 몰입해 본다.
2시간의 영화가 휙 지나간다.

"아! 이런 거였어"
가슴에서 눈물이 솟아오른다.
어느새, 두 주인공의 마음속에 들어가 있었다.

불행했던 시절의 경험을 털어놓았다.
진짜 이야기하고서야 깊은 잠을 잘 수 있었다.
사랑받고 존중받고 싶었나 보다.

행복한 시간을 갖는 데
그토록 오래 걸렸는지를 이제야 알 수 있었다.

Livingstone in Zambia

옛날 이야기

상담 수업 중 접해 보지 않았던 질문을 받았다.
옛날 이야기, 어린 시절의 일어난 사건을
말해 보라는 것이다.

어린 시절로 거슬러 올라가다가 한 아이를 만났다.
가만히 바라보는데, 어! 그 아이가 내가 아닌가?
아! 생각지도 않았던, '나'를 만나다니!

아빠 앞에서 겁에 질려 떨고 있는 아이,
두 손 번쩍 들고 흐느끼는 아이의 모습이다.
왜 그렇게 가엾은지, 안쓰럽고 처량한지
그 아이를 보며 하염없이 눈물이 나온다.
그 아이를 바라보는 데 왜 그렇게 힘이 드는지 모르겠다.

마음속에 가둬 놓았던 옛날 이야기를 다 털어놓는다.
늘 가슴 한가운데 무겁게 짓누르던 무거운 돌덩어리 하나,
쑥 내려가는 것이 아닌가!
이렇게 홀가분하게 될 줄은 정말로 몰랐다.

옛날 이야기 질문에 답하면서 많이 힘들었지만,
정말 편안해지면서 또 눈물이 난다.

Karo village, Omo vally in Ethiopia

다 내려놓아 보자

많은 나라를 다니면서
그곳 모습을 사진으로 남긴 지 12년.

고요한 바하리야 사막 모래 밟으며
고대 왕들의 무덤 피라미드 앞에 서 보며
황금색 새벽녘 안나푸르나 설산 아래서
오롯이 천년을 버텨 온 아타카마 협곡을 바라보며
바다처럼 넓은 티티카카 호수 위에서
어마어마한 굉음을 내며 무너지는 모레노 빙하 앞에서

나는 어떤 언어로도 그 감동을 표현할 수 없었다.

시간을 멈추고 무상무념이 되어
바라보고 있을 때 비로소 대자연이 응답함을 알았다.

흐르는 시간을 멈추어 보면 많은 것을 보게 된다.
장소가 어디든 어떤 곳이든
나만의 우주를 만들어
나만의 자연을 찾아서

다 내려놓아 보자.

Cairo in Egypt

공상을 멈추라

지금(Now)을 살아가는 우리에게
여기(Here)는 아름다운 삶의 현장이다.

삶을 즐기지 못하는 이유가 있다.
그런 상황이나 여건들을
잠시라도 내려놓지 않기 때문이다.

지나고 보면,
과거에 했던 행동을 여전히 반복하고 있었다.
그땐 왜 그리 힘들게 보냈는지 바보스럽다.

뒤늦은 후회라도 하면
다행이거늘 그렇지만도 않다.

과거의 아픈 경험은
현재 삶에 영향이 절대적이듯
미래에 대한 공상이나 상상은 삶을 멍들게 한다.

멈춰 서서 현실을 직시하는 것이 삶의 지혜다.

이 책은 아프리카(남아프리카공화국, 보츠와나, 마다가스카르, 에디오피아, 이집트, 잠비아)에서 찍은 사진 중 마음의 치유와 연결될 수 있는 것을 선별하여 감상하게 함으로 마음을 새롭게 디자인하려고 하는 분에게 도움을 주려고 하였다.

어린 시절의 부적절한 경험으로 인해 마음에 깊은 상처를 품고 있는 자에게 누구의 도움 없이 스스로 자신을 들여다볼 수 있도록 그 방법을 제시하여 치유의 삶을 살게 하고자 하였다.

심리상담 과정에서 사진을 매개체로 활용하여 내담자와 자연스럽게 신뢰감 형성과 효과적인 심리상담이 되도록 돕고자 하였다.

각 장의 도달하고자 하는 목표를 정리하여 보면,
1장에 수록된 사진과 글을 통해 감정이 이입되고 공감된 바가 있다면 자신을 들여다보면서 내면을 탐색해 보기를 소망한다.
2장은 보편적인 사람의 내면의 모습을 그려 보았다. 단순하기보다는 복잡하고 다양하여 내가 누군지도 모르고 살아가기 쉽다. 그런 면에서 마음의 구조를 설명하게 된다면 누구나 쉽게 이해할 수 있을 것으로 기대해 본다.
3장은 내면 탐색이 끝난 분들을 위해 누구의 도움 없이도 심리상담을 해 볼수 있도록 몇 가지 심리상담기법 3장에 서술하여 놓았다.

4장은 3장의 아픔과 고통으로 인해 어쩔 수 없이 가지게 된 상처와 흔적을 phototherapy 과정을 통해 치유의 경험을 가져 볼 수 있도록 그 내용을 구성하였다.

전체적으로 이 책은 아프리카 사진 한 장과 이야기 한 편을 한눈에 보도록 하였다. 먼저, 사진을 보면서 어떤 느낌인지, 어떤 의미가 있는지 시간을 가져 보고 그다음으로 함께 제시한 글을 읽으면서 마음의 치유를 경험하도록 하였다.

여기에 실린 아프리카 사진과 이야기 한 편을 통해 마음을 새롭게 디자인해서 살겠다는 사람이 많아지기를 소망한다.

마음 디자인

Dr. Yun's Phototherapy

〈아프리카〉편

ⓒ 윤영진, 2023

초판 1쇄 발행 2023년 4월 1일

지은이   윤영진
펴낸이   이기봉
편집   좋은땅 편집팀
펴낸곳   도서출판 좋은땅
주소   서울특별시 마포구 양화로12길 26 지월드빌딩 (서교동 395-7)
전화   02)374-8616~7
팩스   02)374-8614
이메일   gworldbook@naver.com
홈페이지   www.g-world.co.kr

ISBN   979-11-388-1771-4 (03810)